THE MIRACLE FOREST

A True Story

Translated by MARIELA PAZ CÁCERES
Illustrated by CAROLAN RALEIGH-HALSING

EL BOSQUE MILAGROSO

Una Historia Real

Traducido por MARIELA PAZ CÁCERES
Ilustrado por CAROLAN RALEIGH-HALSING

ELLEN DEE DAVIDSON

Copyright © 2024 Ellen Dee Davidson

First Edition — 2024

No part of this publication may be reproduced in any form, or by any means, electronic or mechanical, including photocopying, recording, or any information browsing, storage, or retrieval system, without permission in writing from the author and publisher.

All rights reserved

Interior and cover design by Mariella Travis | www.alleiram.com

No se permite la reproducción total o parcial de este libro ni su incorporación a un sistema informático, ni su transmisión en cualquier forma o por cualquier medio, sea éste electrónico, mecánico, por fotocopia, por grabación u otros métodos, sin el permiso previo y por escrito de los titulares del copyright.

Todos los derechos reservados

Diseño de interior y portada por Mariella Travis | www.alleiram.com

ISBN
978-1-961905-13-9 (Paperback)
978-1-961905-10-8 (eBook)

12 Willows Press
Winterport, Maine
www.12willowspress.com

ACKNOWLEDGMENTS

It takes a team to create a book, just as it will take teams of people working together to create a peaceful, sustainable world. I'd like to thank all the people who helped me with the creation of this book, including Mariela Paz Cáceres, Jessica Davidson, Michelle Davidson, Peter Dean, Annette Holland, Sergio Lub, Allegra Moon, Mary Nethery, Gunter Pauli, Robert Schlorlemmer, and Richard White.

AGRADECIMIENTOS

Se necesita un equipo para crear un libro, al igual que se necesitarán equipos de personas trabajando juntas para crear un mundo más pacifico y sostenible. Me gustaría agradecer a todos los que me han ayudado con la creación de este libro, incluyendo a Mariela Paz Cáceres, Jessica Davidson, Michelle Davidson, Peter Dean, Annette Holland, Sergio Lub, Allegra Moon, Mary Nethery, Gunter Pauli, Robert Schlorlemmer y Richard White.

DEDICATION

In gratitude to my father for taking me to the wilderness as a child and teaching me to love the Earth; to my husband, Steve, for traveling to Gaviotas to share my manuscript with Professor Paolo Lugari and, most of all, to Paolo for showing us a path to make our dreams of a sustainable, peaceful world come true.

DEDICATORIA

En agradecimiento a mi padre por llevarme a la naturaleza salvaje cuando yo era una niña y por enseñarme a amar a la Madre Naturaleza, a mi esposo, Steve, por viajar a Gaviotas para compartir mi manuscrito con el profesor Paolo Lugari, y más que a nadie, a Paolo por mostrarnos un camino para que nuestros sueños por un mundo pacífico y sostenible se hagan realidad.

Thousands of years ago, a beautiful rainforest grew in eastern Colombia. But over time, the climate changed, and fires destroyed the forest. No one imagined the forest returning. It would take a miracle.

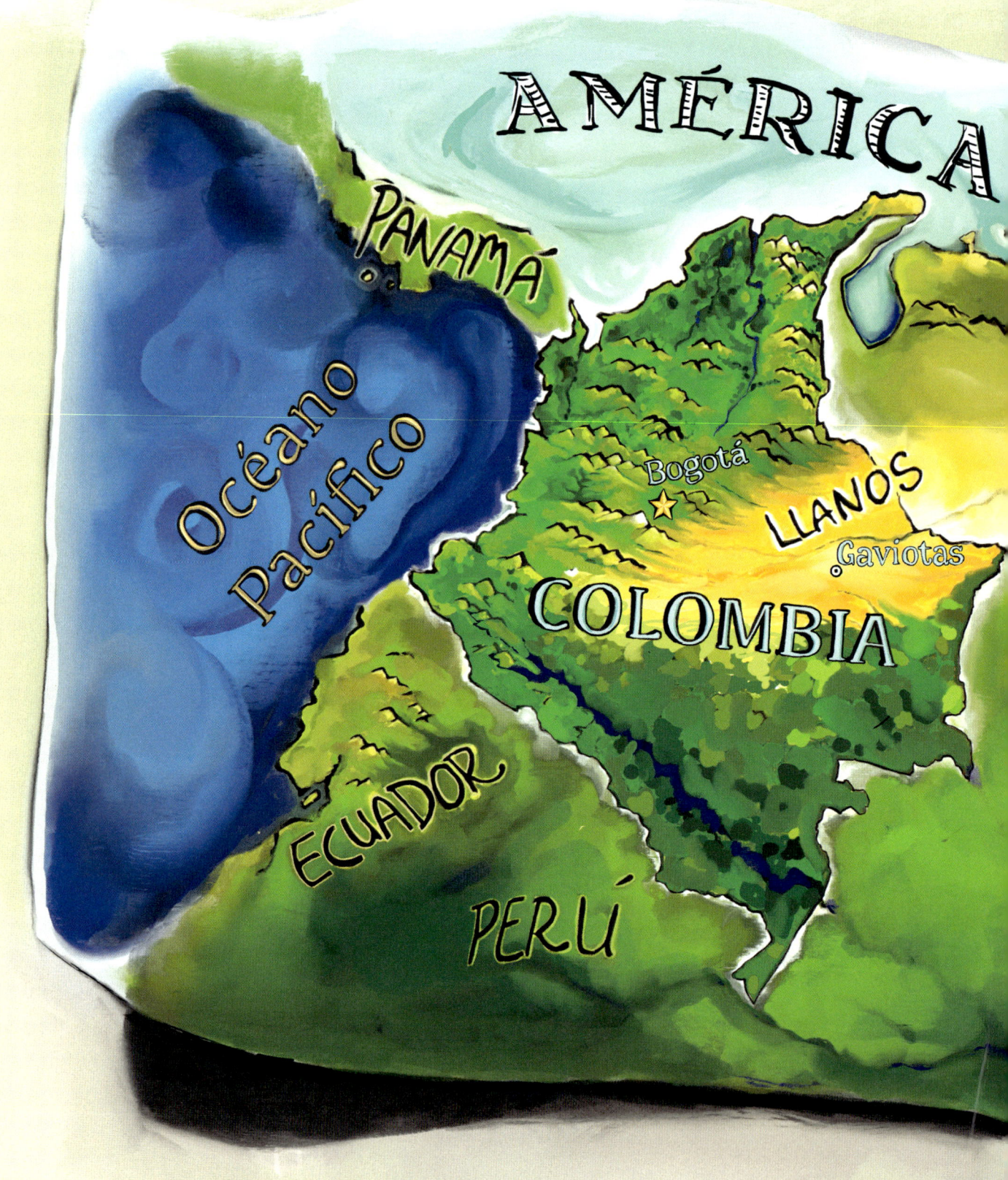

Hace miles de años un hermoso bosque tropical húmedo crecía en el oriente de Colombia. Sin embargo, con el paso del tiempo, el clima cambió y los incendios destruyeron el bosque. Nadie se imaginó que el bosque retornaría. Haría falta un Milagro.

Dry season dust rose into the air as Paolo Lugari drove across the plains of eastern Colombia, known as the Llanos. Except for a few trees and shrubs scattered beside the small streams, nothing but grass grew on the desolate savanna.

La época seca levantaba polvo en el aire cuando Paolo Lugari atravesaba las llanuras del este de Colombia, llamadas los Llanos. A excepción de algunos árboles y arbustos al lado de un pequeño arroyo, no crecía más que hierba en la desolada sabana.

That didn't bother Paolo. He had a dream. He wanted to create a community where people could live simply, in peace and harmony with each other and nature. And because of world overpopulation, Paolo believed that people needed to learn to settle in less hospitable places, like here on the Llanos.

Parking his jeep next to an abandoned shed, Paolo jumped out. The old building was the only thing around except for a few gulls flying overhead. Impressed that the birds survived so far from the sea, Paolo decided to name his dream community Gaviotas, which means "seagulls" in Spanish.

Pero eso no le molestó a Paolo, él tenía un sueño. Él quería crear una comunidad donde la gente pudiese vivir de manera sencilla, en paz y armonía unos con otros y con la naturaleza. Debido a la sobrepoblación mundial, Paolo creía que la gente debía aprender a vivir en los lugares más inhóspitos, como en los Llanos.

Paolo estacionó su jeep al lado de un cobertizo que estaba abandonado y se bajó rápidamente del vehículo. Este viejo galpón era la única cosa en los alrededores, además de unas gaviotas que volaban en lo alto. Impresionado de que estas gaviotas pudieran sobrevivir tan lejos del mar, Paolo decidió llamar Gaviotas, a la comunidad de sus sueños.

Now, he had to find people to help him build Gaviotas. Paolo went to Bogotá, the largest city in Colombia, and spoke to everyone who would listen. He spoke at universities, in parks, and on busy sidewalks.

Most people laughed. They called Paolo crazy. Nothing would grow on the treeless plains. It was a tropical desert! Paolo shook his head and said, "The only deserts are in the human imagination."

Ahora él tenía que encontrar a gente que quisiera ayudarle a construir Gaviotas. Paolo fue a la ciudad más grande de Colombia, Bogotá, y habló con todos los que le quisieron escuchar. Habló en universidades, en parques e incluso en las ajetreadas calles de la ciudad.

La mayoría de la gente se rió y llamaron loco a Paolo. Dijeron que nada crecería en esas llanuras sin árboles. ¡Era un desierto tropical! Paolo sacudió la cabeza y dijo, "los únicos desiertos están en la imaginación humana."

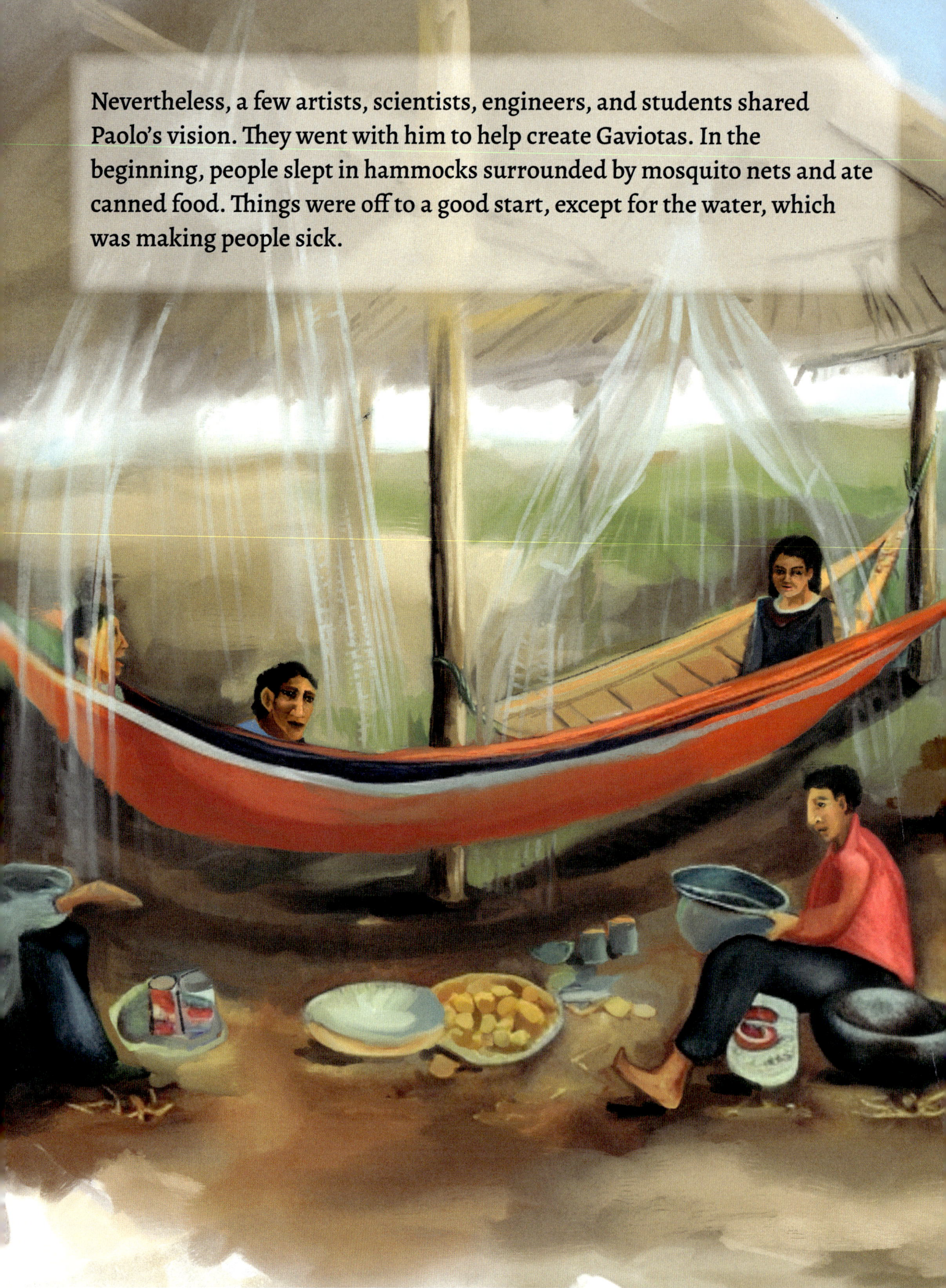

Nevertheless, a few artists, scientists, engineers, and students shared Paolo's vision. They went with him to help create Gaviotas. In the beginning, people slept in hammocks surrounded by mosquito nets and ate canned food. Things were off to a good start, except for the water, which was making people sick.

Sin embargo, pocos artistas, científicos y estudiantes compartieron la visión de Paolo. Ellos fueron con él para ayudarle a crear Gaviotas. Al principio la gente dormía en hamacas cubiertas con mosquiteros y comían alimentos enlatados. Todo iba sobre la marcha, excepto por el agua. Los estaba enfermando a todos.

Somehow, they had to pump the clean water from deep underground. The problem was that large pumps cost too much, and the smaller ones did not work. Paolo did not believe in giving up. "There's no such thing as failure here!" he said. "Every obstacle is really an opportunity in disguise."

Encouraged, the Gaviotans kept trying. Eventually, they came up with a very clever design. The pump weighed so little that children playing on see-saws made it work!

De alguna manera, necesitaban bombear agua limpia desde las profundidades del subsuelo. El problema era que las bombas grandes costaban mucho dinero y las pequeñas no funcionaban. Paolo no creía en darse por vencido. "¡No hay nada que realmente sea un fracaso!" dijo él. "Cada obstáculo es realmente una oportunidad disfrazada."

Alentados, los gavioteros siguieron intentándolo. Finalmente, se les ocurrió un diseño muy ingenioso. ¡La bomba que inventaron era tan liviana que cuando los niños jugaban en el balancín la hacían funcionar!

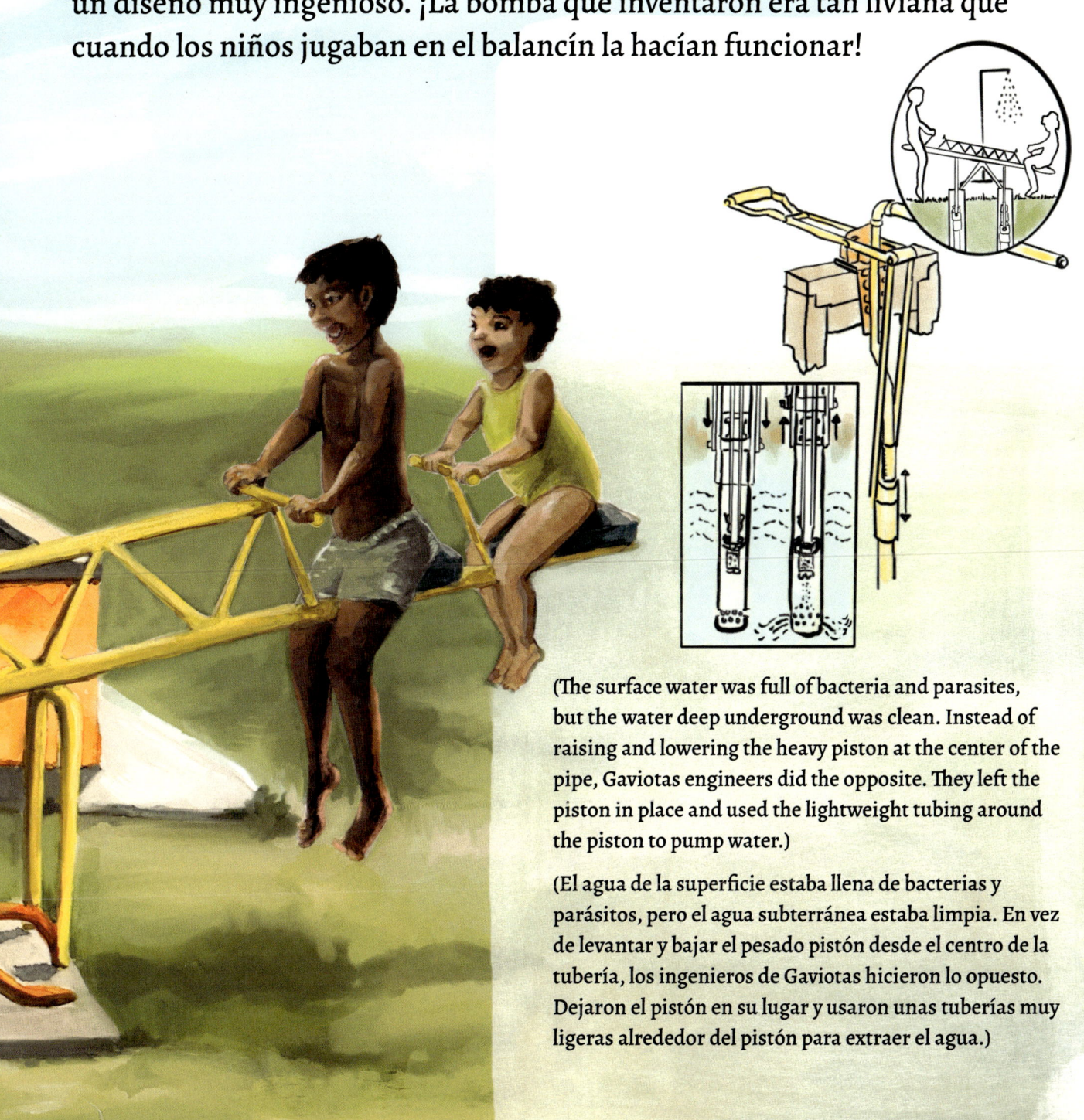

(The surface water was full of bacteria and parasites, but the water deep underground was clean. Instead of raising and lowering the heavy piston at the center of the pipe, Gaviotas engineers did the opposite. They left the piston in place and used the lightweight tubing around the piston to pump water.)

(El agua de la superficie estaba llena de bacterias y parásitos, pero el agua subterránea estaba limpia. En vez de levantar y bajar el pesado pistón desde el centro de la tubería, los ingenieros de Gaviotas hicieron lo opuesto. Dejaron el pistón en su lugar y usaron unas tuberías muy ligeras alrededor del pistón para extraer el agua.)

But they needed even more water. Because there was plenty of wind, the obvious answer was to use windmills to pump water. It wasn't as easy as Paolo and his friends hoped. Some of the windmills they tried would not spin in the soft, tropical breeze, and the ones that did spin toppled in the big storms.

Gaviotans tried over fifty types of windmills. It was beginning to look hopeless when one of the engineers finally invented a windmill that did the job. Its blade tips curved like airplane wings to catch the slightest breeze.

Pero necesitaban aún más agua. Ya que el viento abundaba, la solución obvia era usar molinos de viento para bombear agua. No fue tan fácil como Paolo y sus amigos esperaban. Algunos de los molinos de viento que probaron no giraban con la suave brisa tropical y los que sí giraban fueron derrumbados por las grandes tormentas.

Los gavioteros probaron más de cincuenta tipos de molinos de viento. Habían empezado a perder la esperanza, cuando uno de los ingenieros finalmente inventó un molino de viento que sí funcionó. Tenía las puntas de las hélices curvadas como las alas de un avión para atrapar la más mínima brisa.

(These compact aluminum windmills are easy to set up and weigh around 120 pounds.)

(Estos molinos de vientos compactos y de aluminio son fáciles de instalar y pesan alrededor de 54 kilos.)

Although Paolo admired the shiny silver windmills that lined the path to Gaviotas, they were still talking about how to solve their biggest problem. The people of Gaviotas needed to find something that would grow on the desolate plains. They wanted fresh food to eat and trees for shade and as a buffer from the wind.

Aunque Paolo y sus compañeros admiraban los molinos de viento plateado brillante que demarcaban el camino a Gaviotas, ellos todavía tenían que buscar la forma de resolver su mayor problema. La gente de Gaviotas necesitaba encontrar algo que se pudiera cultivar en las desoladas llanuras. Ellos querían comida fresca y árboles que dieran sombra y sirvieran de refugio del viento.

They planted hundreds of crops. Everything withered. The savanna looked just as barren and inhospitable as the day they had arrived. "These soils are very poor, but only for brains lacking in imagination," Paolo said. He knew there had to be a solution.

In an effort to find something that would grow on the desolate plains, Gaviotans planted tropical Caribbean pines. Unfortunately, the trees sickened. The leaves on the tropical pines turned yellow. No one knew what to do. Then, they tried putting a special fungus at the roots of the trees. The trees lived. It worked!

Plantaron cientos de cultivos. Todos se marchitaron. La sabana lucía tan árida e inhóspita como el primer día en que habían llegado. "Estos suelos son muy pobres, pero sólo para los cerebros pobres de imaginación," dijo Paolo. Él sabía que tenía que haber una solución.

En un esfuerzo para encontrar algo que creciera en las desoladas llanuras, los gavioteros plantaron pino tropical Caribe. Desafortunadamente, los árboles se enfermaron. Las hojas de los pinos tropicales se volvieron de un color amarillo enfermizo. Nadie sabía qué hacer. Entonces, hicieron el intento de poner un tipo de hongo en particular en la raíz de los árboles. Funcionó. ¡Los árboles sobrevivieron!

(When tree roots were inoculated with mycorrhizal fungi, they were able to survive. The fungi acted like saliva, helping the trees digest the nutrients from the overly acidic soil.)

(Cuando las raíces de los árboles fueron inoculadas con hongos micorrízicos, estos lograron sobrevivir. Los hongos actuaron como saliva, ayudando a los árboles a digerir los nutrientes de un suelo extremadamente ácido.)

Along with the trees, the community began to grow. Nearly two hundred people, including homeless children and some members of the local Guahibo Indigenous People, came to live in the community beside the tropical pines. They built homes, a school, and a greenhouse.

Junto con los árboles, la comunidad empezó a crecer también. Casi doscientas personas, incluyendo niños de la calle y también algunos miembros del Pueblo Indígena Guahibo, vinieron a vivir a la comunidad al lado de los pinos tropicales. Construyeron viviendas, una escuela y un invernadero.

But how could so many people make a living? Paolo walked through the young forest, thinking about it. As he listened to the branches whisper in the wind, he wondered if the trees might have an answer. Of course, Paolo knew they could cut them and sell the lumber, but he did not want to chop down the forest. Then, they'd be back where they started—living on a barren plain.

¿Pero cómo podría tanta gente ganarse la vida? Paolo pensaba en esto mientras caminaba por el bosque joven. Al escuchar las ramas de los árboles susurrando al viento, pensaba que los árboles quizás tenían la respuesta. Por supuesto, Paolo sabía que podían cortarlos y vender la madera, pero él no quería talar el bosque. Porque entonces volverían a donde empezaron, a vivir en una llanura árida.

Still puzzling over the problem, Paolo sat down next to his fellow Gaviotans in the community center where they shared meals. The conversation turned to the growing forest. One of the cooks mentioned the resin she'd seen seeping through the bark of the tropical pines. "The trees were weeping."

A scientist spoke up. He explained that resin, which is the sweat of the pine trees, could be collected and turned into rosin. Rosin was used for making paint, sprays, varnishes, and glue to make paper and other adhesives, and it was always in demand. Paolo leaped to his feet. This was it! If they found a way to harvest, process, and sell resin, then Gaviotans would be able to sustainably support themselves.

Aún dándole vueltas al problema, Paolo se sentó al lado de sus compañeros gavioteros en el centro comunitario donde compartían las comidas. La conversación se centró en el bosque en crecimiento. Uno de los cocineros dijo que ella había visto la resina escurriéndose por la corteza de los pinos tropicales. "Los árboles estaban llorando."

Un científico habló y les explicó que la resina que es el sudor del pino se podía recoger y hacer colofonia. Colofonia sirve para fabricar pinturas, lacas, barnices, pegantes para papel y otros adhesivos y este producto tenía demanda. Paolo se puso de pie de un salto. ¡Eso era! Si encontraban una manera de cosechar, procesar y vender la resina, la gente podría mantenerse sosteniblemente en Gaviotas.

Everyone talked excitedly about how to collect the resin. They started by tapping the bark of some of the tropical pines and allowing the resin to slowly fill plastic bags. Then, they heated the sticky substance into a liquid and filtered it into rosin and turpentine. The experiment was a success. These were two products they could sell.

Todos hablaban con gran entusiasmo de cómo recolectar la resina. Empezaron a aplanar la corteza de algunos pinos tropicales, dejando que la resina se depositara lentamente y llenara las bolsas de plástico. Después calentaron la sustancia pegajosa hasta volverla líquida y de ésta destilaron colofonia y trementina. El experimento fue un éxito. Estos eran dos productos que ellos podían vender.

(Resin is brought to the Gaviotas factory, which runs on steam energy created from burning the wood thinned from the forest. Turpentine is sold as a disinfectant and solvent. Rosin is used in paper, cosmetics, paint, and even as a gripping agent for baseball bats.)

(Llevaron la resina a la fábrica de Gaviotas, la cual funciona con la energía del vapor creado de la poda de los árboles del bosque. La trementina se vende como desinfectante y solvente. La colofonia se usa en papel, cosméticos, pintura e incluso para la sustancia adhesiva de los bates de béisbol.)

But the community still had one more problem to solve. In order to have enough resin to support themselves, they needed to plant more tropical pines, which created a major challenge. The little trees from the nursery had to be in the ground before the rainy season, which was less than two months away. How could they possibly do it?

The people of Gaviotas didn't waste any time worrying. They went right to work for many long days and nights until they had planted a million trees.

Pero la comunidad aún tenía un problema más que resolver. Para poder tener la resina suficiente para mantenerse, necesitaban plantar más pinos tropicales, lo cual creó un gran desafío. Pero había un gran desafío. Los árbolitos de los viveros tenían que trasplantarse al suelo antes de la época de lluvia, en menos de dos meses. ¿Cómo podrían hacerlo?

La gente de Gaviotas no perdió el tiempo preocupándose. Empezaron a trabajar de inmediato durante muchos largos días y noches, hasta que habían plantado un millón de árboles.

The years passed. Gaviotans painted a mural on the wall of the community center. It showed their dream of living together as a big multispecies family—animals, plants, and humans. People lived surrounded by trees and wildlife. There was even a remote-controlled airship to watch for forest fires.

One by one, all the dreams shown on the mural came true, including the airship. Gaviotans continued to plant more trees until there were over eight million tropical pines. The trees grew. Protected by the sturdy tropical pines, native shrubs and plants returned.

Los años pasaron. Los gavioteros pintaron un mural en la pared del centro comunitario. Éste mostraba su sueño de vivir todos juntos como una gran familia multi-especie: animales, plantas y humanos. La gente vivía rodeada de árboles y fauna silvestre. Había incluso un dirigible a control remoto para la detección de incendios forestales.

Uno por uno, todos los sueños retratados en el mural se hicieron realidad—incluso el del dirigible. Los gavioteros continuaron plantando más árboles hasta que hubo más de ocho millones de pinos tropicales. Los árboles crecieron. Protegidos por los robustos pinos tropicales, las especies nativas de arbustos y plantas retornaron.

Paolo was surprised. He knew that when the topsoil is lost, it is nearly impossible to bring a rainforest back. But once again, rainforest plants such as delicate purple jacaranda trees, wild fig vines, and crimson flowers were growing. Melodious birds like tanagers, oropendolas, and cotingas sang overhead. Anteaters snuffled for insects, capybaras darted through the underbrush, and monkeys cavorted high in the leafy canopy. Over two hundred and fifty species returned.

Paolo estaba sorprendido. Él sabía que cuando la capa vegetal del suelo se pierde, es casi imposible revivir un bosque tropical. Pero una vez más las plantas del bosque tropical, tales como los delicados árboles púrpuras de jacaranda, las higueras silvestres y las flores carmesí estaban creciendo. Pájaros melodiosos cantaban en lo alto: tangaras, oropéndolas y cotingas. Los osos hormigueros olfateaban en busca de insectos. Los chigüiros salían disparados de entre las malezas y los monos se divertían haciendo cabriolas en las copas de los árboles. Más de doscientas cincuenta especies reaparecieron.

The forest changed the climate by cooling the land with shade and creating more water. Trees draw water up from their roots, releasing extra moisture they do not need into the air through their leaves. This moisture becomes clouds and rain that falls to the earth and fills springs. Gaviotans were able to support themselves by bottling and selling this fresh water as well as the resin from the trees. It was time to celebrate!

El bosque cambió el clima, enfriando la tierra con sombra y creando más agua. Los árboles absorben el agua a través de sus raíces y liberan la humedad extra que no necesitan en el aire a través de sus hojas. La humedad se convierte en nubes y la lluvia que cae sobre la tierra recargando los manantiales. Los gavioteros pudieron autosustentarse embotellando y vendiendo esta agua fresca y también la resina de los árboles. ¡Era hora de celebrar!

Everyone gathered in the center of the community. One man pulled out a harp, another a cuatro, a four-stringed instrument. A woman played maracas. People began to sing, their voices twining with the calls of the seagulls. Paolo danced with his friends. They were all happy. Not only did their big dream come true, but...

Todos se reunieron en el centro de la comunidad. Un hombre sacó un arpa y otro un cuatro. Una mujer tocó las maracas. La gente empezó a cantar y sus voces se hermanaron a la llamada de las gaviotas. Paolo bailó con sus amigos. Todos estaban felices. No solamente se había hecho realidad su gran sueño, pero...

...something even more impossible happened. The rainforest, not seen for thousands of years, was growing again. A miracle!

...algo aún más imposible había ocurrido. El bosque tropical de hace miles de años estaba creciendo nuevamente. ¡Un milagro!

> "If we could do it here, we could do it anywhere in the tropics."
> Paolo Lugari

Bogotá, D.C. Marzo 18 de 20p.

Querida Ellen:

He leído con mucho entusiasmo tu ensayo sobre el "bosque milagroso de Gaviotas", que ayudará a defender (en el sentido) el mensaje de Gaviotas. Lo encuentro muy apropiado con nuestra realidad. Mil gracias,

"La verdadera consiste en realizar los sueños".

"Si lo podemos hacer aquí, lo podemos hacer en cualquier lugar en los trópicos."
Paolo Lugari

Dear Ellen,

I have read with lots of enthusiasm your manuscript about the miracle forest of Gaviotas. This will help the message of Gaviotas to spread throughout the world. I find it very accurate with our reality. A thousand thanks!

Paolo Lugari

"Maturity consists of making dreams come true!"

END NOTES | NOTAS FINALES

GAVIOTAS, THE GOAL

The community of Gaviotas began during the early 1970s. Professors and students in engineering, medicine, anthropology, animal husbandry, farming, teaching, and biology came to create a community that could survive using only its own energy and local natural resources. There are around two hundred workers at Gaviotas and fifty resident families. Five hundred children have attended the local school, including children of community members, those residing in the surrounding areas, and formerly homeless children from the streets of Bogotá. There are no police, weapons, or jails, and Gaviotas has no mayor. The goal of Gaviotas is to set an example for how other communities can create a sustainable future using renewable resources and provide for basic needs—food, water, homes, jobs, education, and health care.

EL OBJETIVO DE GAVIOTAS

La comunidad de Gaviotas empezó a formarse a principios de los años 70. Profesores y estudiantes de ingeniería, medicina, antropología, ganadería, agricultura, educación y biología se reunieron para intentar crear una comunidad que pudiera sobrevivir usando solamente su propia energía y recursos naturales locales. En la actualidad hay doscientos trabajadores en Gaviotas y cincuenta familias residentes. Quinientos niños han asistido a la escuela de Gaviotas, incluidos los hijos de los miembros de la comunidad, los niños que viven en los alrededores y los que antes vivían en las calles de Bogotá. En Gaviotas no hay policía, armas o cárceles y Gaviotas no tiene un alcalde. El objetivo de Gaviotas es servir de ejemplo a todas las comunidades para que éstas puedan crear futuros sostenibles utilizando recursos renovables y satisfaciendo las necesidades básicas de comida, agua, viviendas, trabajos, educación y atención médica.

PAOLO LUGARI

Paolo Lugari was home-schooled in Popayan, Colombia. His father was an Italian geography professor, and his mother was the descendant of a nineteenth-century Colombian president. Raised in a home where the issues of the day were often discussed, Paolo was aware from a young age of the problems that his country and the world faced. Determined to do something, he founded the Experimental Research Center, also known as Las Gaviotas, within the heart of the Colombian Orinoquia. In 2007, he received an honorary doctorate in science and technology from the Carnegie Mellon University. Paolo states he is not the leader of Gaviotas but only the facilitator.

Paolo Lugari fue educado en su casa en Popayan, Colombia. Su padre era un profesor de geografía italiano y su madre era la descendiente de un presidente de Colombia del siglo diecinueve. Criado en una familia donde las noticias del día se discutían a menudo, Paolo desde muy pequeño estuvo al corriente de los problemas de su país y del mundo. Determinado a hacer un cambio, Paolo Lugari, fundó el Centro Experimental, "Las Gaviotas" en el corazón de la Orinoquía colombiana. En el 2007 recibió un título de Doctor Honorario en Ciencias y Tecnología de la Universidad de Carnegie Mellon. Paolo afirma que él no es el líder de Gaviotas, sólo su facilitador.

HOSPITAL

During the 1980s, a self-sufficient hospital was constructed. The hospital was built on top of a network of underground tunnels that trapped cool air, serving as a natural air-conditioning system during the hot, dry season. The hospital kitchen used solar cooking. Even the roof had sliding panels that took advantage of the sun's ultraviolet light to disinfect hospital rooms. The Guahibos built a maloca, a small open-air village, next to the hospital so families and friends could stay close to their sick loved ones. Unfortunately, the hospital had to be closed because there weren't enough people in the Llanos to support the three permanent doctors required by law. After that, the hospital was converted into a bottling plant for clean drinking water. The increased rainfall from the forest has led to numerous freshwater wells that are replenished from the underground springs surrounding Gaviotas.

HOSPITAL

En el año 1980 un hospital autosuficiente fue construido en Gaviotas. El hospital fue construido por encima de una serie de túneles subterráneos que atrapaban el aire frío y éste actuaba como un sistema natural de aire condicionado durante la temporada calurosa y seca. La cocina del hospital usaba energía solar. Incluso, el techo tenía paneles corredizos que aprovechaban los rayos de sol ultravioleta para desinfectar los cuartos del hospital. Los guajibos construyeron una maloca, o pequeña aldea al aire libre, al lado del hospital para que los familiares y amigos pudieran estar cerca de sus seres queridos enfermos. Desafortunadamente, el hospital tuvo que cerrar porque no había suficiente gente en Los Llanos para mantener a los tres médicos permanentes como lo requiere la ley. Sin embargo, el hospital se ha convertido ahora en una planta embotelladora de agua pura apta para el consumo. Ya que el bosque ha creado más lluvia, ahora hay abundantes pozos de agua fresca de los manantiales subterráneos alrededor de Gaviotas.

MOBILITY

Gaviotans ride around the savanna on sturdy bicycles they designed themselves. Regular exercise and clean water help them to stay healthy.

MOBILIDAD

Los gavioteros recorren la sabana en unas bicicletas muy resistentes que ellos mismos diseñaron. El ejercicio regular y el agua pura ayuda a los gavioteros a mantenerse saludables.

WEATHER

There is an extremely hot, dry season from December to April. The wet season lasts from May to December, during which torrential rains flood the area.

EL CLIMA

De diciembre hasta abril es una temporada extremadamente calurosa y seca. Desde mayo hasta diciembre es la temporada húmeda durante la cual las lluvias torrenciales inundan la zona.

TREE PLANTING

Planting must be done during the dry season. Gaviotans use a tractor fueled by a mixture of turpentine and palm oil to transplant nursery seedlings into the ground. Thanks to these biodiesel tractors, they can plant thirty seedlings a minute. Following the initial planting of tropical pine trees during the 1980s, the forest has expanded to encompass over twenty thousand acres.

LA SIEMBRA DE ÁRBOLES

La siembra debe realizarse durante la temporada seca. Los gavioteros utilizan un tractor propulsado por una mezcla de trementina y aceite de palma para trasplantar los árboles de los semilleros al suelo. Gracias a estos tractores biodiésel, los gavioteros son capaces de plantar treinta árboles de semilleros por minuto. Desde la primera plantación de pino tropical Caribe en los años 80, el bosque ha crecido a más de ocho mil hectáreas.

RAINFORESTS

Biologists believe that nearly thirty thousand years ago, an uninterrupted rainforest stretched from Central America to the Amazon. They think that at some point, the climate changed, and the wind started blowing inland. These winds fanned the flames produced by lightning strikes into huge fires that burned the jungle, leaving only grasslands behind. Once a rainforest has been destroyed, it is difficult to restore because of the loss of soil. The people of Gaviotas demonstrated that a rainforest can be restored.

Their solution was to plant tropical Caribbean pine trees, which make the soil less acidic and provide shade for native species of rainforest plants. Scientists believe the rainforest seeds of these plants could have been dormant in the ground, dropped by passing birds, or maybe both. Tropical Caribbean pine trees are sterile in warmer climates. This means they do not act like an invasive species by taking over the natural plants.

BOSQUE TROPICAL

Los biólogos creen que hace casi treinta mil años había un bosque tropical húmedo continuo e ininterrumpido que recorría desde América Central hasta el Amazonas. Creen que en algún momento el clima cambió y el viento empezó a soplar hacia el interior. Estos vientos avivaron las llamas producidas por los rayos, provocando grandes incendios que quemaron la selva, dejando atrás sólo praderas. Una vez que un bosque tropical ha sido destruido, es muy difícil revivirlo debido a la pérdida del suelo. La gente de Gaviotas demostró que un bosque tropical puede ser restaurado.

La solución de ellos fue plantar pino tropical Caribe que hace que el suelo se vuelva menos ácido y provee con sombra a las semillas de especies nativas del bosque tropical húmedo. Los científicos creen que estas semillas posiblemente estaban en letargo en el suelo o fueron dejadas caer por los pájaros que volaban el área o quizás ambas cosas. El pino tropical Caribe es estéril en climas templados. En otras palabras, no actúan como una especie invasora apoderándose del espacio de las plantas nativas.

CLIMATE CHANGE

Changing climate results in droughts, fires, rising sea levels, and more severe storms and floods. These impacts lead to crop failures and animal extinctions and often force people to relocate from their homes. Scientists agree that the burning of fossil fuels like oil and coal cause greenhouse gasses to rise into the air, contributing to global warming and climate change. Because trees absorb a significant amount of the carbon responsible for the problem, reforesting, as the people of Gaviotas are doing, is one solution.

EL CALENTAMIENTO GLOBAL

El calentamiento global causa sequías, incendios, subida del nivel del mar y aumenta las tormentas e inundaciones, lo que conlleva a la pérdida de cultivos, la extinción de animales y a veces fuerza a poblaciones enteras a abandonar sus hogares. Los científicos concuerdan en que la quema de combustibles fósiles como el petróleo y el carbón causa que las emisiones de gases de efecto invernadero se liberen en el aire, contribuyendo al calentamiento global y al cambio climático. Ya que los árboles absorben una parte considerable del monóxido de carbono, que es responsable por estos problemas, la reforestación que está llevando a cabo la gente de Gaviotas, es una forma de resolver este problema.

GAVIOTAS' FUTURE

With the sales of its creative and renewable products and technologies and the help of the United Nations, international financial institutions, and several governments, Gaviotas continues its projects of regenerating biodiverse tropical forests. This is good news because Paolo's vision for the future includes planting 3.2 million acres, an area almost four hundred times the size of Gaviotas. This marvelous project will provide thousands of jobs for the people of Colombia.

EL FUTURO DE GAVIOTAS

Con las ventas de sus productos creativos de tecnologías renovables, y con la ayuda de las Naciones Unidas, de organismos financieros internacionales y de varios gobiernos, ha podido realizar este proyecto de bosques tropicales biodiversos. De hecho esto son buenas noticias ya que la visión de Paolo Lugari para el futuro, incluye plantar alrededor de 3.2 millones de hectáreas, un área casi de cuatrocientos veces el tamaño de Gaviotas. Este maravilloso proyecto proveerá decenas de miles de trabajos en el área de sustentabilidad para la gente de Colombia.

REFERENCES / REFERENCIAS

PUBLICATIONS / PUBLICACIONES

"A Vision for a Sustainable World." *World Watch Magazine*, vol. 20, no. 3, May/June 2007.

Hilty, Steven L., and William L. Brown. *A Guide to the Birds of Colombia*. Princeton University Press, 1986.

Kaihia, Paul. "The Village That Could Save the Planet: How Two Men Plan to Extend the Ecological Miracle That Is Gaviotas, Colombia, across the Rest of the Third World." *Business 2.0 Magazine*, September 2007.

Marin, Monica del Pilar Uribe. "Time for Utopia." http://www.newint.org/issue357/time.htm

Pauli, Gunter. *Forest Drinking Water*. Chelsea Green Publishing Company, 2005.

Pauli, Gunter. *The Renaissance of the Rainforest*. Sustainable Communities/ZERI-NM.

Weisman, Alan. *Gaviotas: A Village to Reinvent the World*. Chelsea Green Publishing Company, 1999.

White, Dick, and Gloria Eugenia Gonzalez Marino. "Las Gaviotas: Sustainability in the Tropics." *World Watch Magazine*, vol. 20, no. 3, May/June 2007.

Willson, Kate. "Dispatches from a Colombian Utopia: An Ecologically Sound Paradise in the Middle of a War Zone." *Slate Magazine*, March 18, 2004.

WEBSITES / SITO WEB

Friends of Gravitas, friendsofgaviotas.weebly.com

Fundacion Centro Las Gaviotas, www.centrolasgaviotas.org

Zero Emissions Research and Initiates, www.zeri.org

Made in the USA
Monee, IL
22 December 2024

72431997R00033